Tamaki Mizuki
観月 環
著

Takashi Kokubo
小久保 隆
CDプロデュース

願いを叶える7つの物語 VOL.1

元氣になれる
CDブック

These seven stories will grant
your wish in a sound
and a story

Sogo Horei publishing co.,Ltd

Message

このCDブックは

「物語」と「音色」で

あなたの願いを

叶えます

本書付属CD収録内容 …… 4

プロローグ …… 6

元氣になれる物語
〜アマゾンでおばあちゃんが教えてくれたこと …… 13

エピローグ …… 70

「願いを叶える7つの物語CDブック」
ラインナップ＆相乗効果があるCDの組み合わせ …… 76

Contents

本書付属CD収録内容
解説：小久保隆

タイトル　アマゾン・生命の森の朝　70分
（自然音収録、CDプロデュース／小久保隆　クリスタルボウル演奏／観月環）

　本書『元氣になれるCDブック』では、**あなたが元氣になるための音源**を作りました。
　生命の豊かさにあふれる「アマゾンの自然音」と、生命力の源をつかさどる第1チャクラ（肛門と性器の間周辺）を活性化させる「クリスタルボウル」をあわせた、**とてもパワフルな「氣」がこのCDにはこめられている**のです。

付属CDの聴き方と効果

　このCDは**24時間流しっぱなしにしていただくことを前提に作られています**。自然音とクリスタルボウルのとてもパワフルな音氣効果がありますが、聞こえてくる音はあくまでも「QUIET（クワイエット）」。やさしく、静かで、部屋に流しておいてもまったく生活の邪魔になりません。
　そればかりか、この音が部屋に流れていることで、観葉植物を部屋に置くような効果があります。**自然と体にしみこんで「願い事を叶えてくれる」**のです。
　また、このシリーズの音源を組み合わせて流すことで、より効果を得られる作りにもなっています。くわしくは巻末76ページをご覧ください。

アマゾンの生命力あふれる"場"をあなたの部屋に

　本書のテーマは「元氣」です。そこで、アマゾンの自然音に注目しました。
　アマゾンのジャングルに行ってつくづく感じたのは、**「生命力の豊かさ」** でし

た。ちょっとくらい体の調子が悪くても、あのジャングルの音に包まれていると、**ぐんぐん元氣になってしまうのです。**氣が満ちあふれているのです。

特に、夜明け間際の鳥たちの合唱は特別です。

このアマゾンの自然音は、私が**「サイバーフォニック」**という人型の特殊マイクで録音してきたものです。サイバーフォニックという録音方式は、簡単に言うと「人があたかもその場所にいるかのごとくに録音できる方法」です。

この特殊な録音方法によるおかげで、普通の自然音CDでは伝えることの難しかった**その場の「氣」**まで再現することができました。

そのため、部屋に流すことによって、あなたの部屋はアマゾンの生命力にあふれた場の氣で満たされるのです。

クリスタルボウルが元氣の源を活性化させる

クリスタルボウルの演奏は、氣の達人、観月環さんによるものです。

今回の「元氣になる」というテーマにあわせて、**第1チャクラに直接響くように「氣」があふれんばかりに演奏**されています。

使用しているクリスタルボウルは、「アルケミークリスタルボウル」と言って、水晶の成分の中に、金属成分が入った特別なものです。

このアルケミークリスタルボウルはそれぞれに色を持っています。

このCDには、クリスタルボウルの音程がC（ド）の音で、**ルビーが入った赤色のクリスタルボウル**を使用しました。ですから、**赤の色のエネルギー（元氣、生命力）**がその音に含まれています。

そして、このクリスタルボウルは演奏者の想念（心、魂のエネルギー）＝氣をそのままに増幅（ぞうふく）してくれます。

またこのクリスタルボウルのロングトーンの音は、限りなく純音（倍音やノイズのない単一周波数の音）に近いピュアーなサウンドです。

自然界でこれほど、純音に近いエネルギーの大きな音を探すことはできません。純音ですから、ピュアーに**効率よく体に吸収**されます。

プロローグ

　この本は、あなたに元氣になってもらうために、アマゾンに漂う**生命力豊かなパワーを「物語」と「音」で取り入れてもらうために**作りました。
　アマゾンには、想像を絶する自然のエネルギーが満ちあふれています。植物も動物も、命をイキイキと輝かせているのです。
　ですから、実際にそこに行けばアマゾンのパワーが自然に体内に流れこんで、誰でも元氣になってしまうのです。

　そのパワーを、お部屋にいながら受け取っていただきたい。そして、あなたに元氣になってもらいたいというのが私の願いでした。
　そのために、物語と音で、**あなたのお部屋にアマゾンを再現する**ことを考えたのです。

　物語の主人公、遥(はるか)は、元氣になりたくてアマゾン行きを決意します。アマゾンでさまざまな体験をするうちに、元氣になっていきます。遥は、アマゾンのパワーで、元氣を取り戻したのです。
　この素敵な体験を、あなたは物語と音で、体験することができます。
　バーチャルではありますが、そこに本物のエネルギーを巡らせることによって、同じ効果を出すことを目指したのが本書です。

あなたは、主人公と同じように、アマゾンのパワーを本書とCDから、そこにいるかごとくに感じ取ることができるのです。

　本書には、元氣を蘇らせるアマゾンの氣を物語に惜しみなく練りこんであります。さらに、アマゾンに流れる自然音が、パワーを高めてくれます。アマゾンのエネルギーを、そのままあなたの部屋に再現するのですから、これはちょっとミラクルな取り組みです。

　アマゾンの氣を、あなたのお部屋に運んでくれるのは、アマゾンの自然に流れる音です。鳥の声や風が木々を揺らす音、あらゆる生命体の「氣」が混じり合って、アマゾンのパワーに満ちた場を作り出しているのです。

　そもそも、**パワースポットというのは、その土地の持つ氣のエネルギーが強いもの**であることを指しています。でも氣は、土地だけが生み出すものではなく、**そこに生息するすべての生命体が持っているの**です。

「氣」は、すべてのものとすべての現象を創り出す、根源的なエネルギーです。「すべてのもの」の中には、人間を含むさまざまな生命体、自然を構成する森や海、月や太陽といった、この世に存在するあらゆるものが含まれます。

　そして、「すべての現象」という中には、生命体の生死や、氣象

現象、人間関係の状態、運不運など、あらゆる現象が含まれます。偶然起こったように見える出来事も、すべて氣の状態によって生み出されていたのです。

　出来事が、氣の状態によって引き起こされる現象であるとすれば、現象を変えることは、とても簡単なことです。つまり、**氣の状態を変えればいいのです。**氣の量と質を上げれば、**マイナスと思える現象も、プラスに変えることができる**のです。

　たとえば、体調がすぐれないときでも、氣を高めれば、一瞬で元氣を回復することができるのです。あなたの中に流れる「氣」が充分にあれば、元氣でいられます。

　でも、「氣」が不足すると、元氣を失って病氣になるのです。病氣というのは氣が病んでいる状態、疲れるというのは氣が枯れた状態であるだけなのです。ですから、あなたの体にパワフルな氣が蘇れば、あなたは簡単に元氣を回復させることができるでしょう。

　それでは、パワフルな氣を復活させるには、どうしたらいいのでしょう。それは、**第1チャクラに刺激を与え、元氣の氣を倍増させること**です。チャクラとは、氣を活性化するエネルギーセンターで、体に7つあります。**第1チャクラは、元氣の氣を活性化する部位**です。その刺激を、波動で創り出すのが今回の試みです。

CDのクリスタルボウルの音の波動は、第1チャクラを刺激して、あなたの元氣を引き出してくれます。細胞の一つひとつに届き、根源的な生命エネルギーをダイレクトに高める働きをします。

　この世で自然に存在するすべての音は、微妙な揺らぎを持っていて純音ではありません。しかし、第1チャクラに特異的に刺激を与えるためには、**揺らぎのないピュアな音、純音が必要です。**その純音を倍増して体にダイレクトに響かせ、氣を倍増させるという点で、**クリスタルボウル以上のものはありません。**

　さらに、ここで使われているクリスタルボウルは、水晶にルビーを練りこんだ「アルケミークリスタルボウル」で、C（ド）の純音が出る特別なものです。

　水晶の純粋なエネルギーに、赤の力を持つルビーのエネルギーが加わっています。**赤は第1チャクラに響く色**で元氣を生み出します。そしてパワーストーンである、**ルビーは生命力を高めるパワー**を持っています。

　つまり、このクリスタルボウルの音は、水晶のエネルギー、ルビーのエネルギー、元氣を引き出す第1チャクラに響くC（ド）の純音、ルビーの赤のエネルギーの4つの要素を持つスペシャルなものだと言えます。

　この4つの要素を揃えるのは、とても難しいものですが、本物の

響きを出すために、とてもこだわった点です。さらに加えて、アマゾンの自然のエネルギーが入っているのですから、パワーは、並大抵のものではありません。

それを、**私の氣を織りまぜながら演奏して、すべての氣を調和させました。**ですから、パワフルでありながら優しく穏やかな音色に仕上がっています。最強のパワーを持った音ですが、決して、激しく強い音ではありません。本当の強さは、やさしく細やかな響きを持つのです。

一日中、音のシャワーを浴びるように流しておくだけで、自然にあなたの中に元氣のエネルギーが充電されるでしょう。

物語の主人公は、あなたです。

どうぞ、ワクワクしながら、旅に出かけてください。この物語は、あなたを本当にアマゾンに行ったのと、同じ気持ちにさせる力を持っています。あなたは、アマゾンに巡る大らかな生命力あふれるエネルギーを、確実に受け取ることができるのです。

長い物語ではありませんが、**その一行一行にエネルギーをこめています。**物語が作り出す世界に溶けこめば、そこに、豊かで優しいエネルギーが流れていることを感じ取っていただけるでしょう。

ぜひ、あなた自身が旅をしている気持ちになって、いろんなもの

を五感で感じ取りながら、読み進めてください。

　大きく息を吸い込んで、アマゾンの緑のエネルギーを吸収しましょう。スコールを浴びた気持ちになって雨のエネルギーを受け取りましょう。

　物語のいたるところに、氣をふんだんに散りばめました。ですから、**ページを繰るたびに元氣が倍増していくでしょう。**物語を読み終わるとき、あなたは、自分の中に元氣が宿り始めていることを実感できるはずです。

　さあ、いよいよ旅のはじまりです。思いっきり楽しんでください。今から、あなたは、素晴らしい体験をするのです。旅の幸運を祈ります。

本書付属CD・物語(サンプル)を体感した方の声

✿ 病気で入院中の友人のお見舞いに持っていきました。かなり悪い状態だったのですが、**お医者さまもびっくりされるくらい症状が好転**したそうです。友人からは、「奇跡を起こすCD」だと感謝されています。

✿ 話にでてくる「生姜湯」を昔飲んでいました。確かに飲んでいたときは調子が良かったかも。また飲み始めたい。ストーリーもおもしろいけど、**健康になる智恵が入っていて**ためになりますね。アマゾンにも行きたくなりました。

✿ 体質改善のために今まで、いろいろなことをしてきましたが、なかなか良くならなかった。半信半疑で聴いたCDだったが、劇的に効果が出た。**アトピーがおさまり、風邪も引きにくくなった。**そして、**薄かった髪にもコシが戻って、増えたようだ。**

✿ 難病指定を受けています。**聴いているだけで、気持ちが安定します。**先日の検査の結果は、今までにない良いものでした。この調子だと完治しそうです。

✿ お風呂で半身浴をしているときに流すと、まるで森の中にいるような気分に浸れてリフレッシュできますね。あと、満員電車の中でもヘッドホンで聴いています。**イライラがおさまります。**

✿ 料理を作るときに流しながら楽しく作っています。**料理の素材の味を引き出してくれたのか、**いつもよりおいしく作れるような気がします。

元氣になれる物語

アマゾンで
おばあちゃんが教えてくれたこと

These seven stories will grant

your wish in a sound

and a story

その頃の私は、とんでもなく不幸でした。
　健康がすぐれない上に、人間関係のトラブルをいつも抱えていて、心も体も低迷していたのです。
　若さだけはあったものの、心身の状態が悪いのですから、何かをやりたい気持ちも、次第に薄れてきます。
　その上、私は特別美人でもなかったので、素敵な彼を見つけることもできなくて、トキメいたり、ワクワクしたりといった感覚すら忘れかけていました。
　そして、最後には「私の人生はツイてない」とあきらめることを覚え始めたのです。

　私は自分の人生を否定して、未来への希望を捨てて、その日その日を、無感動で送っていたのでした。

ある日の朝、私は胃に鋭い痛みをおぼえて目を覚ましました。
　ベッドで七転八倒した挙句、救急車で搬送された病院で言われたのは、「ストレスですね」というあっけない一言でした。
「ストレス？」
「そう、でもね、侮(あなど)ってはいけないよ。ほとんどの病氣はストレスが元なんだよ」初老の優しそうなドクターが言いました。
「どうしたらいいのですか？」
「どうもこうも、自分の体は自分で創ってるんだからね。あなたの体のいちばんの主治医は、あなた自身だ。自分が健康になれる秘訣を見つけたら、もうここに来なくてよくなるね」
　それはそうだけど、実際に私はどうしたらいいのかまったく分からずに、それからもしばしば胃痙攣を繰り返し、持病の頭痛とアレルギー性の鼻炎、始終風邪をひいては、長引かせるといった不健康な状態を続けていたのです。
「風邪は万病のもと。もっと体力をつけなさい」
　誰もが私の体を心配してくれましたが、それでよくなるというものでもありません。私はだんだん体の不調を当たり前だと思うようになっていきました。「私は弱い体質なのだ」という、言い訳をすればするほど、体はますます弱くなっていったのです。

そんなある日、私はいつものように病院の待合室で薬が出されるのを待っていました。
　体中に発疹ができて、塗薬をもらいにきたのです。発疹の原因も多分ストレスだろうということですが、痒みが一日中、私を悩ませます。私は、ますますイライラすることが多くなって、何をやっても楽しくない毎日を過ごしていました。
　待合室で座っている私は、無意識のうちに体を掻いていたようで、隣に座っていた私より少し年上に見える女性が、
「痒いのですか？」と聞いてきました。
「ええ。痒みで夜も眠れなくて」
　答えながら、私は心の中で「余計なお世話よ。ほっといて」と思っていました。
　すると、女性は
「余計なお世話かしれないけれど、痒みとか痛みは心のメッセージを体が伝えているの」と言います。
　私は、びっくりしたのと気持ちが悪いのとで、その女性の言葉を無視して、本を読んでいるふりをしました。
　なのに、女性はひとりでしゃべっているのです。

「信じられないかもしれないけれど……」と言って、女性は私の態度に腹をたてるふうもなく、穏やかな口調で話を始めました。
「私は小さい頃から病弱で、いろんな病気をいっぱいしたわ。私の手帳に、病院へいく予定が入ってなかった時期はないくらいだわ。月に一回は、体調を崩していたの。生まれてから一度も自分の健康に自信を持ったことなんてなかったのよ」

私は、世の中には、私と同じような人がいるもんだと思いながら、顔を上げないで聞いていたのです。

「きっと長生きなんてできないし、このまま細々生きていくんだなぁってあきらめていたのね。

ところがね。あるとき、私は父に連れられてアマゾンへ行ったの。そこには、私が想像することもできないほどの自然があふれていたわ。自然というより原始のエネルギーかな。

その瞬間、私の中の細胞が変わった気がするの。私の中に自然のエネルギーが宿ったのね。

その日を境に、私は見違えるように強くなったの。年に一回定期健診に来るのだけど、何ひとつ悪いところがなくなったのよ。ほら、元気そうでしょ」

私は、思わず顔を上げて、女性を見たのでした。
　確かに元氣がみなぎっているような肌のツヤと目の輝き。一緒にいるだけで、元氣になれるようなパワーが伝わってきます。
　でも、ほんとに自然が宿ったとは、にわかに信じられることではありません。
「その話は本当のことですか？　あなたは本当に弱かったのですか？」
「そうよ、まったくの事実。嘘ではないわ。三年前の私は、今のあなたよりもっと暗くて冴えない顔をしていたわ。あら、ごめんなさい。あなたがどうということではないのだけど。でも、元氣は外見に現われるものね。きっとあなたも何かのきっかけで、自分の中に生命力があったことに氣づけるわよ」
「私でも？」
「もちろんよ。誰にでも元氣になれる力が宿っているわ。元氣があれば、人生は何をやっても楽しいし、何でもできるの」
　半信半疑でしたが、その女性をうらやましく思ったのです。間近に、元氣に溌剌(はつらつ)として人生を楽しんでいる人を見ると、私は嫉妬に近い羨望(せんぼう)の念を持ってしまうのです。自分には絶対なれないパワフルな人……。そんな人は、もともと元氣なのだと思っていたのですが、そうでないこともあるのだと、少し希望が出てきたのです。

その夜のことです。
　九十歳を過ぎて、なお現役で元氣なお医者さんが、テレビで語っているのを観たのです。
　有名なその先生も、もともと体が弱かったそうなのですが、自分の気持ちを明るく持ったとたん、元氣になったのだと言います。

「体と心は繋がっている」のだと言います。

　マイナスの状態から、プラスにいった人は、もともとプラスである人より、もっと元氣でいられるのだと。
　この言葉は、私の希望をますます大きくしました。
　一日のうちに、こんな話を聞くことが重なるのは、きっと何か意味があるのだと私には思えたのでした。

私は思いきって、一緒にテレビを観ていた母に言ってみました。
「ねぇ、ママ。私、どこかスゴイ自然のあるところに行ってみようかな。たとえばジャングルのような野生の王国へ」
「何を考えてるの。あなたには無理でしょ。すぐにバテて熱を出すに決まっているわ」
「でも、弱い人が行くと元氣になるっていうじゃないの」
「それは特別な人。ともかくママを心配させるようなことはやめてちょうだい」
「でも私、自分が弱いのはイヤなの。もっと元氣でパワフルになりたいのよ」
「しょうがないじゃない。あなたは無理ができない体質なのよ。もしどうしても行きたいのだったら、お金を貯めて一緒に行ってくれる人を探すのが先決よ。そのふたつの条件が揃わないのなら許可することはできません」
　母は断固として、私の提案を阻止するようでした。
　私の中に、芽生え始めた少しばかりの勇気は、たちまち消えてしまいました。
　それにどう考えても、私と一緒にジャングルに行ってくれそうな人は見当たらないのですから。

Bradypus

Pygocentrus nattereri

Tamandua tetradactyla

Hydrochaerus hydrochaeris

次の日、私は母からの預かりものを届けるために、おばあちゃんの家に行くことになっていました。
　でも、朝から雨が降っています。
「また、日を改めてもいいわ。雨の日に外に出ると、あなたは体調を崩すわ」と母は言いましたが、私はその日に限って、
「いいの。行くわ」と、母を振りきるようにして家を出たのです。

　電車で一時間の隣町で、八十八歳のおばあちゃんは、一人暮らしをしています。
　雨足が強くなって、おばあちゃんの家に着くころには、私は傘をさしていたのにもかかわらず、服は半分濡れた状態になっていました。
「おやおや、随分濡れちゃったねぇ。海から出てきた人魚のようだよ」
　おばあちゃんは、笑いながら言いました。
　もし、母がこんな私の姿を見たら、風邪をひくよと脅すのに、おばあちゃんは楽しそうに笑っているのです。

「お風呂に入りなさいな。人魚姫の遥ちゃん」
「お風呂、沸かしてくれてたの？」
「たまたまね」
　おばあちゃんは、本当は私のために沸かしてくれていたはずなのに、決してそうは言わないのです。
「ありがとう、おばあちゃん」

　私は、ゆっくり手足を伸ばして、檜の香りのする木の湯船に体を沈めました。
　おばあちゃんの家のお風呂は、昔のお風呂なので、窓があってそこから空を見ることもできるのです。

お風呂から出ると、おばあちゃんは温かい生姜湯を用意してくれていました。
「生姜湯を飲めば、風邪はひかない」と、おばあちゃんは呪文のように言います。おばあちゃんが病氣になったのを私は見たことがありません。いつもニコニコしていて、元氣いっぱいなのです。
「おばあちゃんが羨ましいな」
「どうしてそんなことを言うのかな？　遥のような、未来がある健康な若い女の子が言うことじゃないよ」
「私には、健康も未来もないのよ」
「そんなことはないよ」
「だって、おばあちゃん知ってるでしょ？　私の体が弱いことを」
「へーっ。そうだったかい？　おばあちゃんは、遥が元氣な子だって思っているよ。誰が、遥を病弱だなんて言ったのだね。あ、そうかママだね。ママは心配症だもの」
「だからね、私がアマゾンに行きたいっていうのも誰かと一緒じゃないとダメだっていうのよ」
「アマゾンかい。それは面白いねぇ。おばあちゃんも行ってみたいもんだね」
「おばあちゃん、アマゾンはとんでもなく遠いし、大変なのよ」
「大丈夫だよ。どうだい、遥。おばあちゃんと一緒に行こうよ」

　どうしてもアマゾンに行きたかったわけではなかったけれど、おばあちゃんが積極的になって、結局、私はおばあちゃんと南米に広がる未開の地、アマゾンへ行くことになったのです。

　もちろん、ママは大騒ぎをしたけれど、おばあちゃんが言いだしたことに反対はできず、すったもんだの末に、私は二十時間以上も飛行機に乗って、おばあちゃんとふたりアマゾンへ向かっていました。

　飛行場からジープに乗って、三十分ほど走ったところに船着場がありました。
　細長いボートに乗ってアマゾン川を上っていくのです。
　アマゾン川は、透明な水ではなくて、濁った泥のような茶色の水です。
「なんだか汚いわ」
「自然のエネルギーがいっぱい溶けているから、こんな色なのよ」
と、おばあちゃんは手を入れて気持ちよさそうにしています。

「汚くないの？」
「東京の水よりずっとキレイだよ。体に悪いものは入ってないよ。遥も、自然と仲良くなったら、ますます元氣になるよぉ」
　そう言って、片目をつぶりました。ウインクのつもりなのでしょうが、とてもそうは見えません。

川の両側は、密林がどこまでも続いています。
　おばあちゃんは、木に向って深呼吸のようなことをしています。
「何をしているの？」
「自然のエネルギーを体の中に入れているのよ」
「そんなことで、入るの？」
「もちろんだよ。森林浴だってそういうことでしょ。試してみてごらんなさい」
　躊躇(ちゅうちょ)していると、私以外の人は、みんなおばあちゃんの真似をして大きく息をし始めました。
　私も慌てて始めると、おばあちゃんは嬉しそうに頷いています。

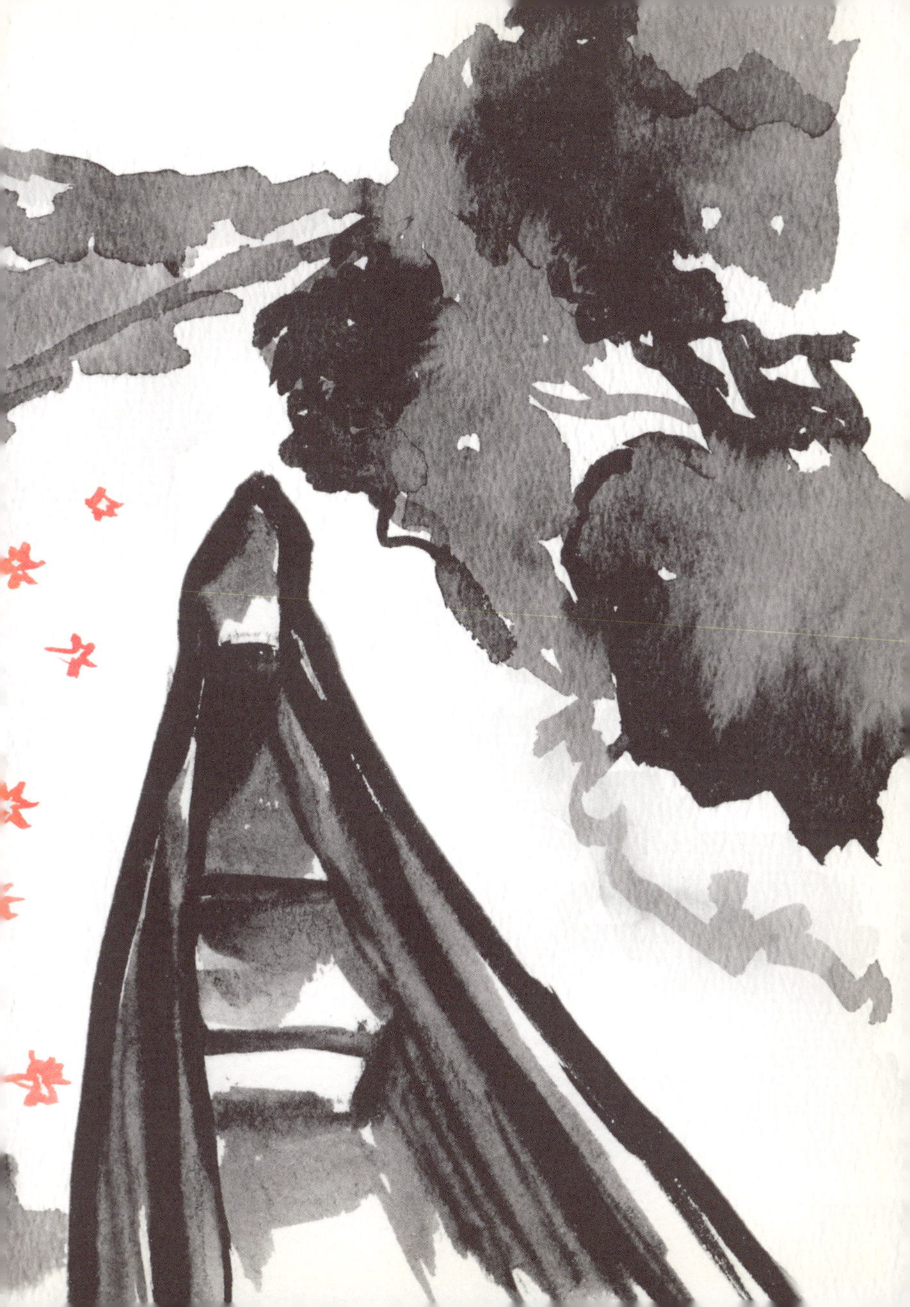

森の中にはいろんな鳥がいて、さまざまなさえずりが音楽のように聞こえてきます。
　耳を澄ますと、随分近くでもさえずりが聞こえるので、見まわすと、それは鳥の声ではなくて、舟を漕いでくれる現地の青年の口笛でした。
「素敵だわ」
　おばあちゃんはその口笛を気に入って、ボートに乗っている一時間半ほどの間にマスターしてしまいました。
　そして、ボートの中で拍手喝采を浴びているのです。
　おばあちゃんは、私よりもはるかに好奇心旺盛で、言葉も通じないのに誰とでも仲良くなってしまいます。
　人間だけでなく、鳥も木も花も川も、みんなおばあちゃんを歓迎しているようでした。

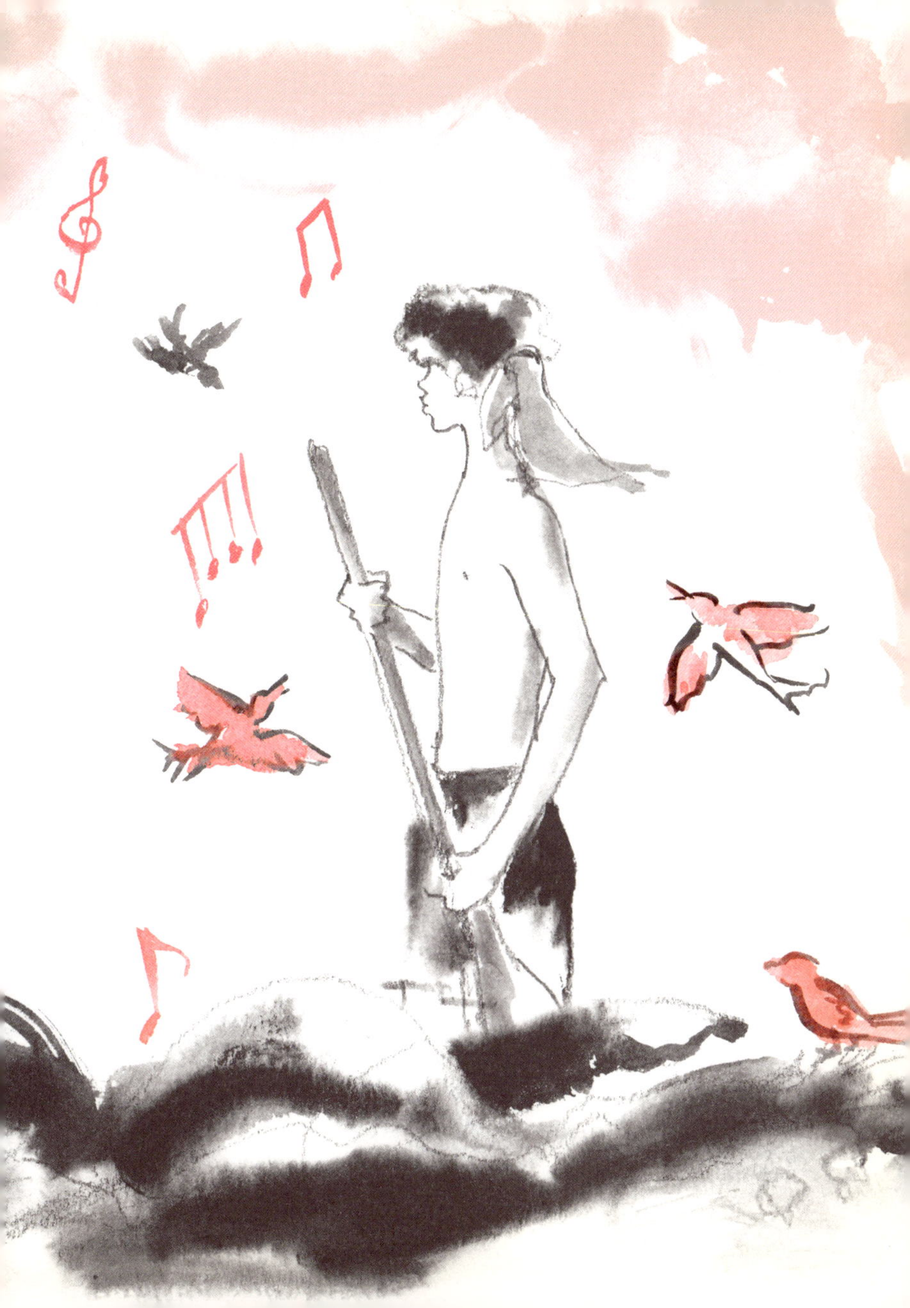

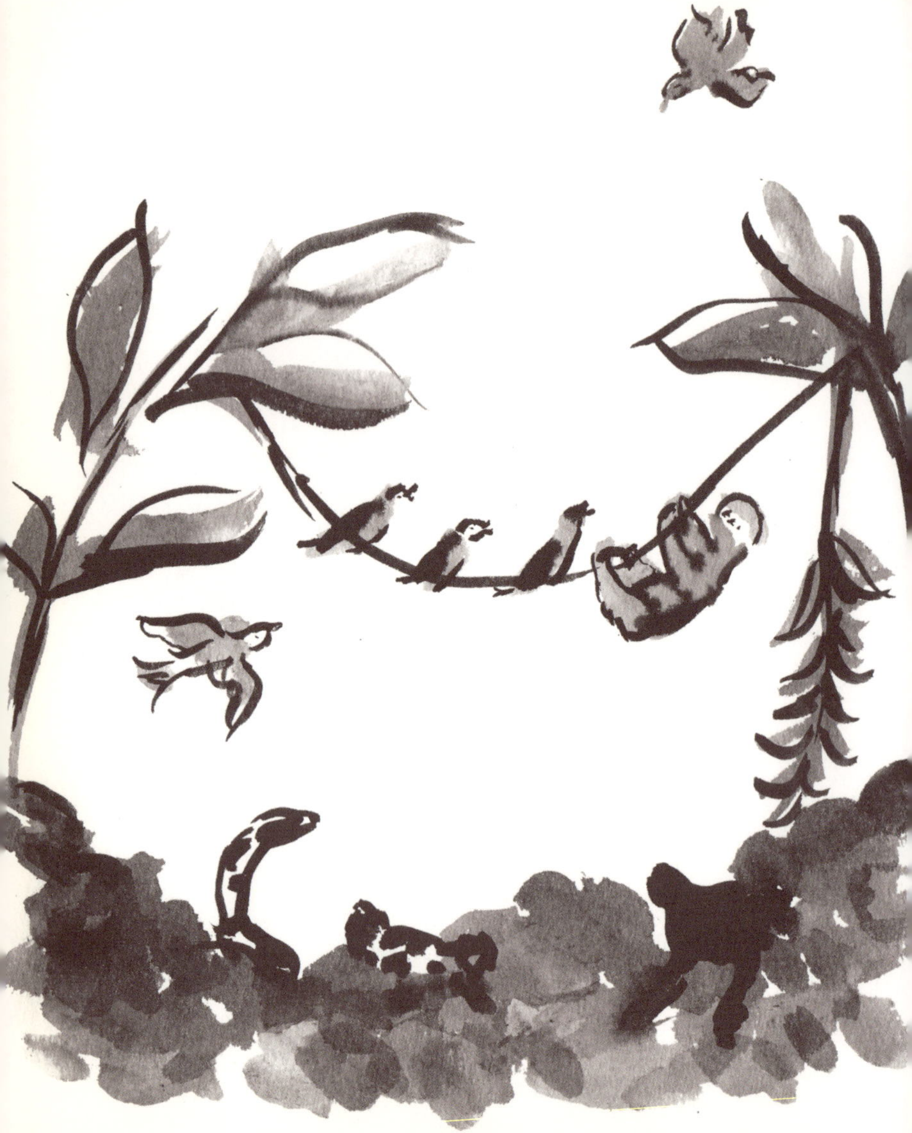

やがてボートは、緑が茂る森の入口に着きました。
　ボートから下りると、そこには想像を絶するほどの大きな木の茂る、豊かな森が広がっていました。
　森は手つかずの自然のままで、むせかえるような濃い緑の匂いがたちこめています。そして、ハーモニーを奏でる木の葉のざわめき。
　あらゆる音を醸し出す色とりどりの鳥たち。深い森に潜む獣たちの気配。どこからか漂う甘い香りと地下深くに流れる水の音……。
　どれひとつとして、私が知っていたものはなく、すべてが新鮮な驚きでした。
　その心の驚きが体に伝わったのか、何もしていないのに体が温かくなってくるのです。
「体が温かいわ」
「それが自然のエネルギーよ。体はエネルギーに満たされると、温かく柔らかくなるの」
　そう言うと、おばあちゃんは地面に座り込んで、前屈を始めたのです。
「ほら見て、バレリーナみたいでしょう」
　なんとおばあちゃんは、足を180度に全開して、体をぴったり地面にくっつけていたのです。

思わず見とれていると、突然のように激しい雨が降ってきました。
　さっきまでいいお天気だったのに、バケツをひっくり返したような豪雨です。
　これが、熱帯雨林特有のスコールというものなのでした。
　私は、反射的にフードを被り走り出そうとしていました。
　でも、どこへ走ったらいいのか……？
　雨宿りできそうな建物も見当たりません。
仕方なしに、椰子の木影に身を寄せました。
　ところが、おばあちゃんときたら、まったく……。
　雨の中でダンスをしているのです。
「ラッタッタ♪　ラッタッタ♪」
「おばあちゃん、濡れちゃうでしょ」
「どうしたって濡れることに変わりはないよ。
だったら、楽しんだらいいのさ。
雨は、自然の恵みだよ。
大地や森が喜ぶように、人間の体だって
喜ぶはずだよ」

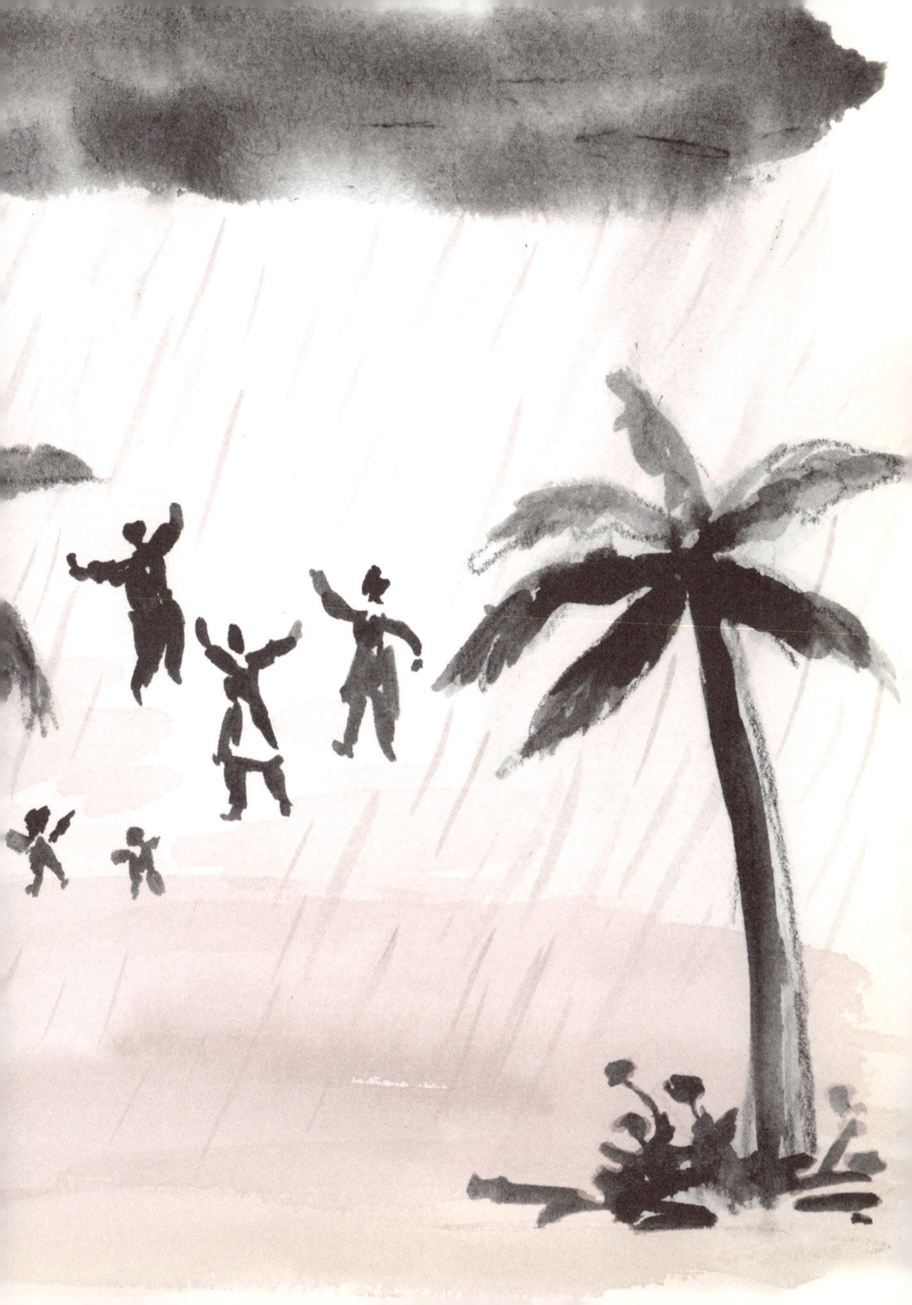

確かに、ジッとしていても濡れていくことに間違いありません。
　私は、濡れネズミのようになっている自分を振りきって、雨の中に飛び出していきました。
　すると、おばあちゃんはにっこり笑って、
「よく来たね。動いていた方が、エネルギーが上がって風邪もひかないよ」と、私の手を取って大きくステップを踏み始めました。
「おばあちゃん、そんなステップ、どこで覚えたの？」
「体のおもむくままに動いているだけだよ。それがダンスの基本だよ」
　それが本当なのかどうかはともかく、私も雨を受けて体を動かしているうちにとても楽しくなり、体からエネルギーが湧き上がってきたのです。
「おばあちゃんには、ホントにかなわないなぁ。楽しむ天才だね」
「体も心も楽しむことが好きなんだよ。それで元氣になるのだから、止めることはないさ」
　私の目から大きなウロコがポロリと剝れて、アマゾンの雨に流されていきました。
「楽しむと元氣になる！」当たりまえのことだけど、私が忘れていたことでした。

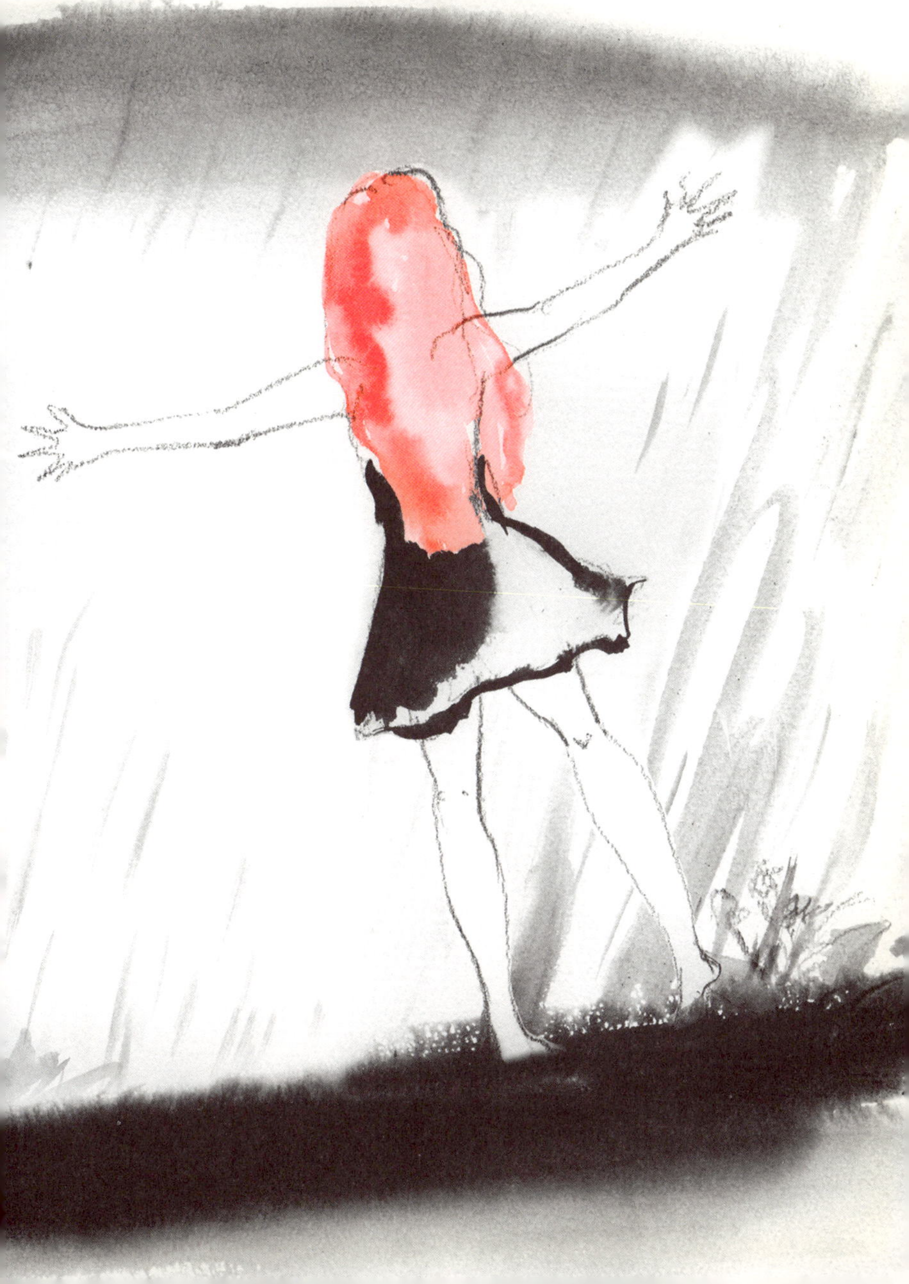

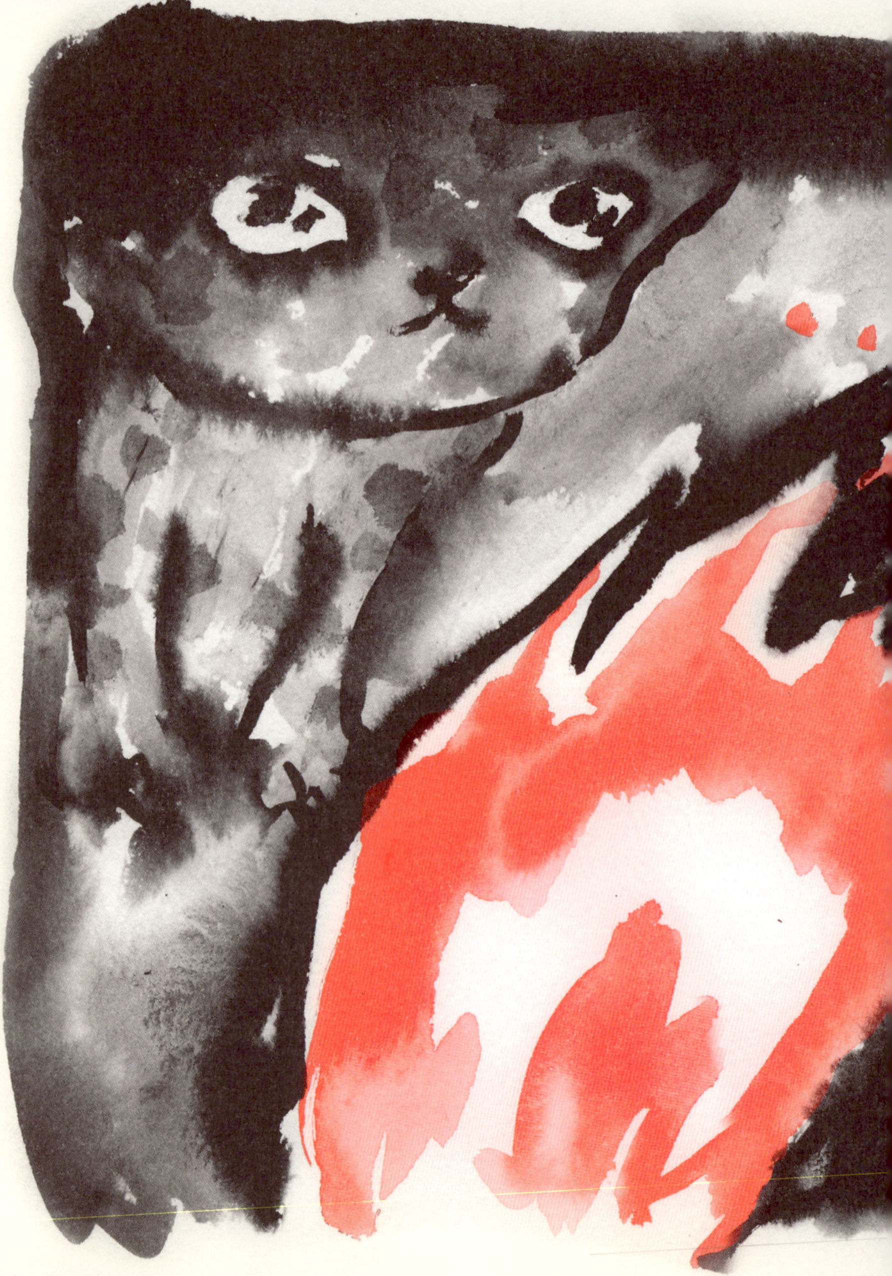

夜になると、アマゾンの森は闇に包まれます。
私たちの泊まっている小さな宿の周りには、獣避けの松明が焚かれました。

ダイナミックな炎は、強いエネルギーを森に向って放ちます。

窓を開けて空を見ると、空が曇りガラスのように見えました。
　それもそのはず、夜空のほとんどの部分に星が広がって、漆黒の空を薄墨色に変えているのでした。

「こんなにたくさんの星を見たことがないわ」
「ほら、流れ星だよ」
　私たちが空を見上げている間にも、何個もの星が宇宙空間を泳ぐように流れてきました。
「お願い事をしなきゃね」
「うん。元氣になれますようにって」
　私は空に向って、何度も願ったのです。元氣になれますようにと。

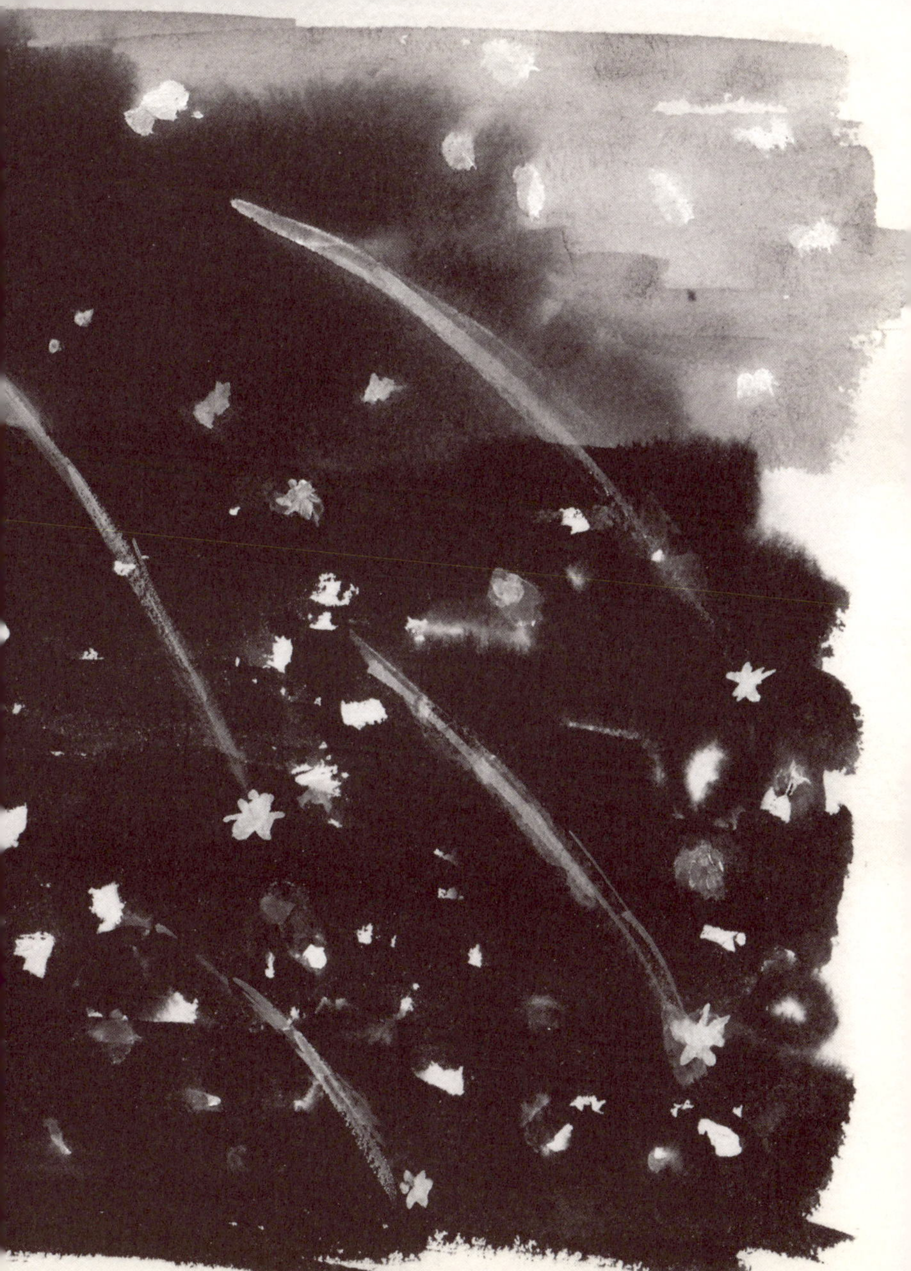

静かな時間がゆっくり
ゆっくりと流れています。
　時計を見ると、まだ九時でした。
　それなのに、おばあちゃんは、もう眠る準備を始めています。
「もう、寝るの？」
「自然の規律とともに動くのが健康の秘訣よ」
「えーっ、いくらなんでもまだ眠れないわよ」

というものの、起きていても何もすることがありません。
　仕方なくおばあちゃんの隣のベッドに横になると、おばあちゃんはまだ起きていて、こんな話をしてくれたのです。

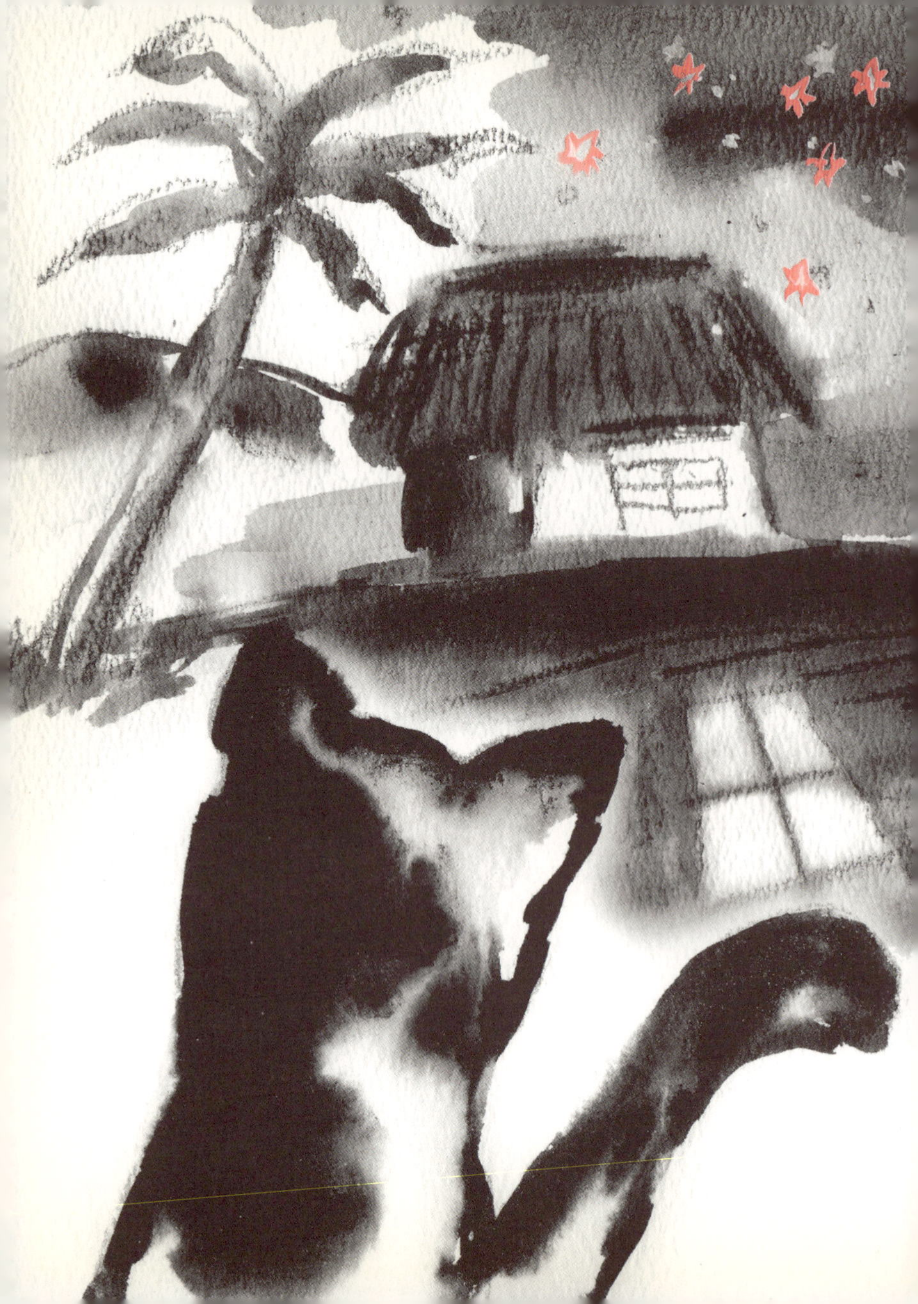

「おばあちゃんは、遥が大好きだし、とても大切なのよ。だから、遥も自分を大切にしてね」
「どういうこと？」
「自分を大切にするってのはね、自分を信じることだよ。そうすれば、自分の体と心を、いつもいい状態にしてあげられるってもんよ」
「私にはできないわよ。だって、体も心も弱いんだもの」
「弱い自分を作ったのは遥だよ。おばあちゃんもね、若いころは、自分の体や心を大切にしなかった。だから、体も心も本調子じゃなかった。せっかく始めたことも、体力が続かずにやめたことがいくつもあったよ。それに健康でないと考え方まで不健康になってきて、性格が暗いなんて言われたりもしたね」
「おばあちゃんに、そんな時代があったなんて意外だわ」
「あのままいったら、子どもだって産めなかったし、結婚もできなかっただろうから、遥と逢えなかったよねぇ」

　私は、ちょっとセンチメンタルな氣分になっていました。
　おばあちゃんの孫として生まれることができたのは、おばあちゃんが元氣になってママを産んでくれたからだったのです。
「私も今のままだったら、未来の私の孫に逢えないかもしれないわ」

おばあちゃんは、朗らかに笑いながら、
「大丈夫だよ。おばあちゃんが元氣になった秘密はね、元氣な友達をジーッと観察していたのよ。どうして、彼女は元氣でイキイキしているのかって。そうしたら、すごく当たりまえのことだったのよ。健康な人は、自然の規律の中で生きているってこと。自然と繋がりながら生活リズムをしっかり持っているのね」
「はあ、つまり、早寝早起きとか、そういう簡単なこと？」
　もっとスゴイ秘密を教えてくれるかと期待していたので、ちょっとがっかりしました。
「ほほほ、本当に簡単かしら？」
「簡単よ。私だって、やる気になったらやれるわ」
　私は、自信を持って答えました。

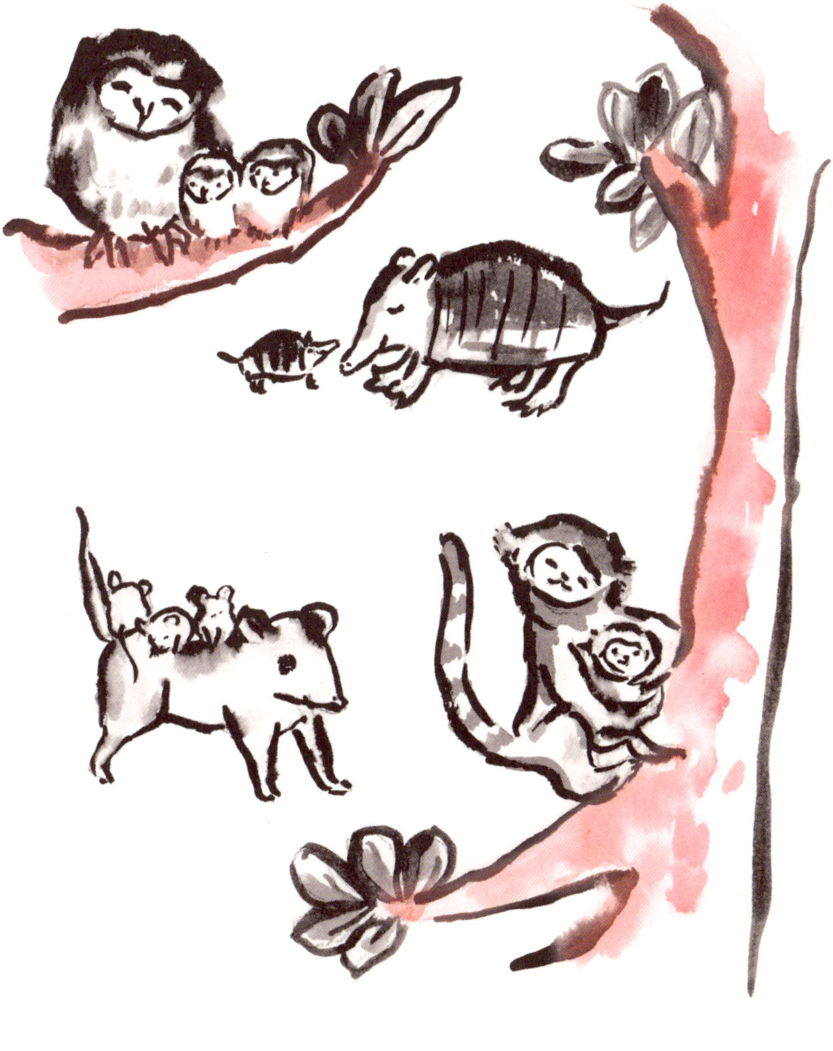

すると、おばあちゃんは、クククと笑って、
「そう、遥はすごいわ。それでは、もうふたつ追加しても大丈夫ね」
「平気よ」
　おばあちゃんは、私に自分の体と心を大切にするための五つことを提案したのです。
　それは……

② 自分の心が暗くなることは言ったり考えたりしない

① 早寝早起きをする

③ 自然を感じながら
深い呼吸をする

④ 心と体が喜ぶ
ことをする

⑤ 感謝の気持ち
で暮らす

これから一週間、私はこの課題に挑戦することになったのです。
　③は森に向っての深い呼吸、④はスコールの中で踊ったことで、すでに体験していたのです。
　どちらも、簡単にできたので、他のふたつもできるのだと軽く見ていたのですが、①も②も、とても難しいことでした。

　普段の不規則な生活を体が覚えてしまっているようで、自然のサイクルを無視して、夜中に目が覚めたり、朝起きられなかったりということの連続だったのです。
　その上、気がつけば私はいつもマイナスの言葉で、自分の心を暗くしていました。
　たとえば、雨が降れば反射的に「やだ、雨が降ってきた」と言ってしまうのです。
　でもおばあちゃんは、
　「わーっ。気持ちがいいねぇ。自然の恵みの雨だ」
　と言って、スコールの中へ飛び出して、雨を楽しんでしまうのでした。
　同じ雨でも、私は憂鬱な気持ちに、おばあちゃんは、ますます元気になるというわけなのです。

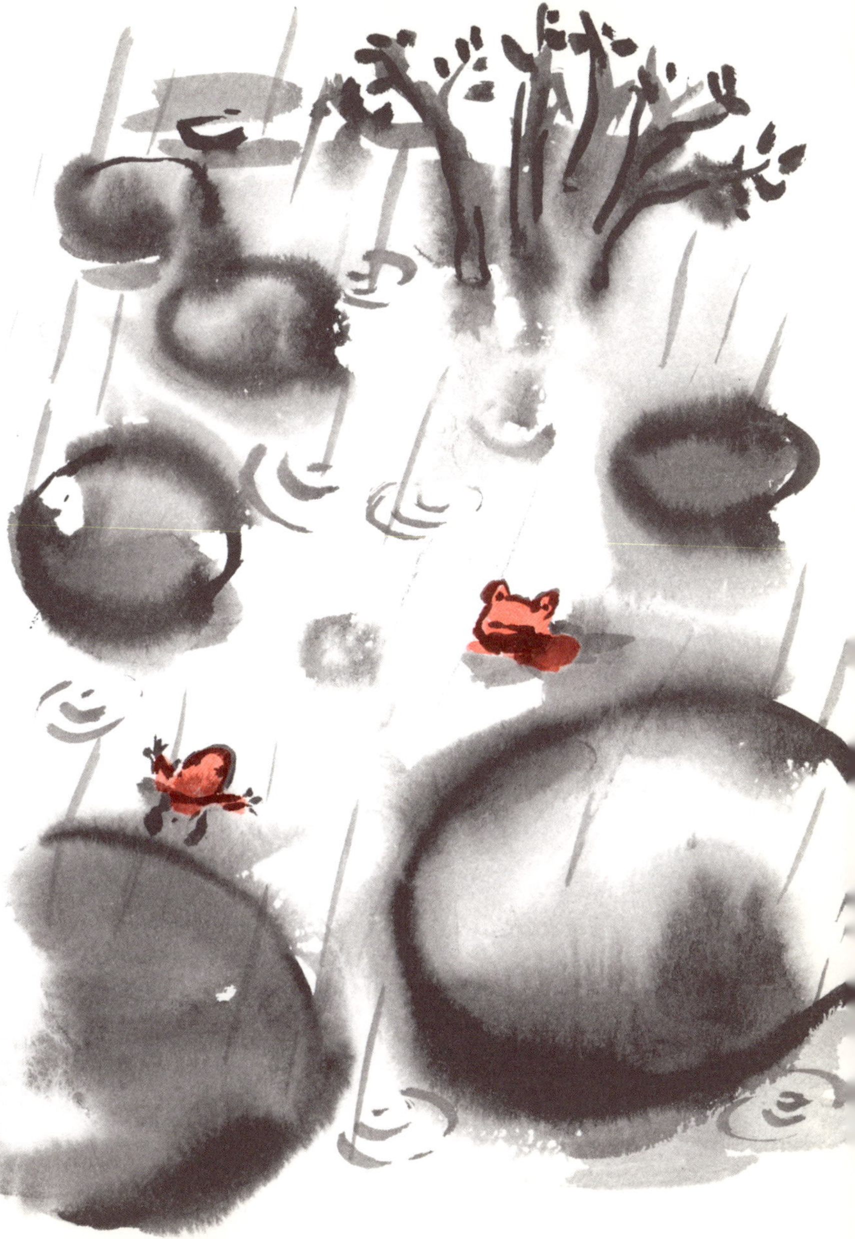

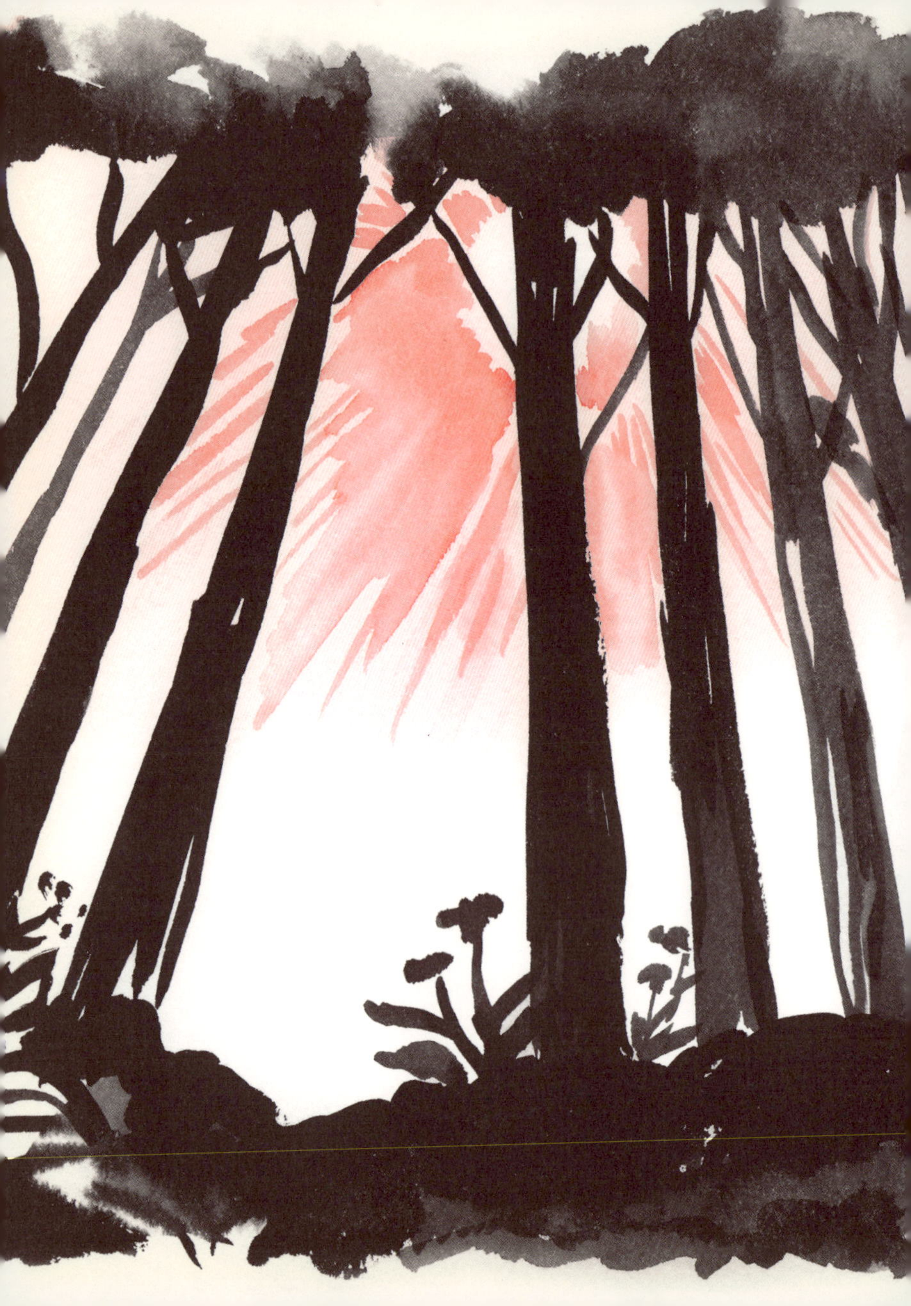

このままでは、ますますおばあちゃんとの距離が離れてしまう。そう感じた私は、おばあちゃんを見習うようにしたのです。
　すると、だんだんと心は明るくなって、体も自然のリズムを取り戻してきました。
　早起きの気持ちよさを、私は自然の中で改めて実感したのです。
　アマゾンの自然の中では、自然の規律にそって生きることは、極めて自然なことでした。
　都会の中で染みついた、不規則で不健康な生活を切り捨てるには、アマゾンは最適な環境だったのです。
　きっと、あの病院の待合室で会った女性も、この自然の力で元氣を取り戻したのでしょう。
　見ず知らずの私に、親身になってアドバイスをしてくれた女性に、私は感謝の気持ちでいっぱいになりました。
　私だったら、他人のことにあんなの真剣になれないかもしれない。それなのに、私は最初余計なお世話と思ったのです。
　人の親切を素直に受け取れなかったのは、私が体だけでなく、心まで不健康だったからでしょう。

一週間たって、私は見違えるように元氣になっていました。たった一週間なのに、別人のような健康体になっていたのです。
　体が元氣になると、心も軽やかになっていきました。
　それと同時に、私は何にでも感謝することができるようになっていたのです。
　最後の夜、おばあちゃんが、私を抱きしめて言いました。
「よく頑張ったね。これでおばあちゃんは安心したよ。遥は、自分の体との信頼関係を取り戻したんだよ。自分の体と心を信じないで、粗末に扱っていると、どんどん悪くなっていくからねぇ。自分が自然の一部だってことも忘れないでおくれ。そうすれば、人生は最後まで元氣溌剌だよ」

　私は、体中に元氣を蓄えて帰国しました。まるで生まれ変わったように、私は健康になったのです。
　少し調子が狂いそうになるときは、おばあちゃんの五つの教えのどれかが外れかかっているのですから、それを戻せば健康に素早く戻ることができるのでした。

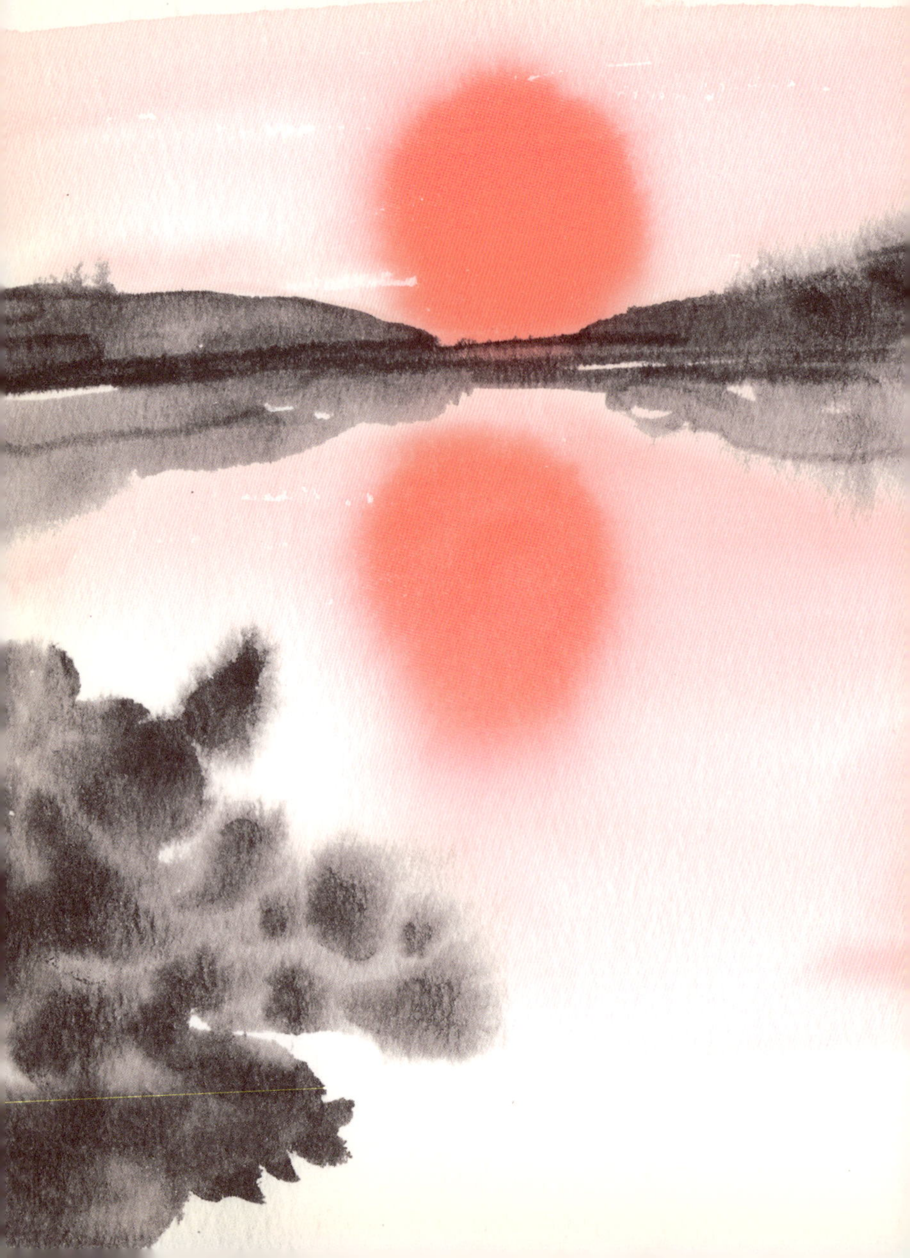

それから一年後、桜の季節におばあちゃんは天国に行ってしまいました。
　その日の朝、私が最後におばあちゃんに会ったとき、おばあちゃんは薄目を開けて、
「遥、楽しかったね。アマゾンに行ったことがおばあちゃんの人生でいちばん楽しい出来事だったよ。ありがとう。おばあちゃんは、おばあちゃんの都合で、先に行くかもしれないけれど、元氣で人生を楽しむのよ」と言うので、
「えっ、おばあちゃん、どこに行くっていうの？」
　私が不安になって覗きこむと、おばあちゃんは
「ハハハ。何を心配そうにしているの」
　おばあちゃんは、目をパチパチさせながら、おどけた表情で、
「人生はね、長ければいいってわけではないのよ。自分が与えられた命の時間を、精一杯、最後まで燃焼させればいいの。
　遥、自分の力で人生を切り拓いていける体と心を持っていれば、大丈夫。あの五つのことを忘れないで。約束だよ」
「わかった。約束する」
　おばあちゃんは、嬉しそうに微笑んで、アマゾンの森で覚えた、鳥の声を真似た口笛を吹いたのです。

それは今まで聞いたこともない不思議な音色でした。
　私がうっとりしていると、おばあちゃんは得意そうにウインクをしました。
　あの片目を不器用につむるウインクでしたが、やがて両目が閉じられて、二度と開くことはなかったのです。

　それが、私とおばあちゃんの最後の会話になってしまいました。
　でも、おばあちゃんは、人生の最後の瞬間まで元気でいられることを、身をもって教えてくれたのでした。

エピローグ

　アマゾンへの旅はいかがでしたか？

　遥やおばあちゃんと旅をしたあなたの体には、きっとアマゾンの生命力あふれる元氣パワーが宿ったことでしょう。遥と自分を重ね合わせて、読み進められた方もあったでしょう。そう、遥は、どこにでもいる女性です。

　現代社会は、体力や氣力を消耗しやすいのです。社会に出れば、ストレスもいっぱいで、疲れは抜けきらず、体力に自信があった人でも、クタクタだと言います。健康に自信がない人はなおさらです。一線で活躍する人も、倒れそうなギリギリのところで頑張っているのです。多くの人が、本来の元氣を失ってしまっています。

　かつて私も、体が弱くて、楽しいことがあっても、諦めなれければいけないことがたくさんありました。

　物語の主人公、遥のように、自分の人生を充分楽しめていなかったのです。「自分は、弱い」と思いこんでいたからです。

　体の元氣がなくなると、知らず知らずのうちに、消極的になって、心が沈んできます。それは、**体と心が別々のものではなくて、つながっている**からです。

　体の元氣は、人生を楽しむための基本です。どんなにお金があっても、チャンスに恵まれても、体に不調があれば、それを活かすことはできません。

体も心も弱かった頃の私は、元氣な人、パワフルな人を見ると、とても羨ましく思えました。そして、どうしたら元氣になることができるのかと考えていました。

　ある日、とてもパワフルで明るい友人と一緒に、山に行ったのです。そこは、冬はスキー場となって賑わうところですが、オフシーズンの平日は、人の姿はまったくなく、静まりかえっていました。ただ、そこには雄大な山につながる、広大な大地が夏草を茂らせていたのです。
　元氣な友人は、大草原を自分の庭のように、走り回ったり、ストレッチをしたりし始めました。そうそう、遥のおばあちゃんのように、地面に座りこんで、大きく足を開いて前屈をしたり、背筋をしたり、まるでジムにいるかのように体を動かしているのです。
　しばらくぼんやりと、それを眺めていた私でしたが、なんだか急に、靴を脱ぎたくなったのです。私は、ちょっと、躊躇いながら靴を脱いで、歩いてみました。靴の中で、窮屈に縮こまっていた足が、伸び伸びするのが分かりました。すると、息まで大きくなった気がしてきました。それを見ていた友人が、
「靴下も脱いだら、もっと気持ちがいいよ」

というので、履いていた靴下を脱いで、裸足になったのです。
　足の裏で感じた土や草の感触は、温かく懐かしいものでした。私は、草や土の感触を感じながら、歩きました。
　すると、一歩ごとに、足の裏から大地のエネルギーが伝わってきたのです。歩くたびに元氣になる不思議な経験でした。
　しばらく歩くと、小川が流れているところがあったので、そっと足を入れてみると、今度は水のエネルギーが、足から全身に流れました。心も体も喜んでいるのがわかりました。
　その夜は、かつてないほどに、ぐっすり眠れたのです。そして、翌朝、目が覚めた時には、体の奥底から元氣が湧きあがってきていました。私は、自然のエネルギーが体に宿ったことを確信しました。
　その経験をきっかけとして、元氣がなくなると、自然の中に出かけることが習慣になったのです。

　さらに私は、この物語で紹介した、遥がおばあちゃんから教わった五つの教えを実行しました。それまでも、元氣になるために様々なことに挑戦したことがありましたが、いつも途中で挫折してしまっていたのです。それは、難しく手間がかかる上に、効果が実感できなかったからです。
　でも、この元氣の基本法則は、**簡単にできて、効果がすぐに感じ**

られるものでした。

---

　①早寝早起きをする
　②自分の心が暗くなることは言ったり考えたりしない
　③自然を感じながら深い呼吸をする
　④体と心が喜ぶことをする
　⑤感謝の気持ちで暮らす

　これは、**自然とつながって、自然の規律と調和しながら生きるという人生の黄金ルール**です。これができれば、生命力が減退することはないのです。
　自然の中に身を置いてみると、自然の息吹や氣を感じることができるでしょう。そうすれば、自然の規律を体で実感することも、簡単にできるのです。
　でも、病氣の人や、忙し過ぎる人が、自然の中に出かけていくことは、難しいこともあるでしょう。自然のパワーを本当に必要としている人が、実際には行けないのです。
　それを、とても残念に思っていたとき、私はイメージで、自然のエネルギーを作り出す方法をあみ出しました。それが、**「イメージング瞑想」**というもので、瞑想誘導の中で、自然と同じエネルギー

を作り出していったのです。これは、とても効果的な方法で、上手にイメージできた人は、みんな元氣になりました。でも、イメージ力のない人や、時間のない人には、これも難しいところがありました。

　どんな状況の人にも、パワーを伝えられる方法として、次に私が考えだしたのが、音のエネルギーを使う方法です。**音は、波動となって「氣」と同じ純粋性を保ちながら、確実に体内に浸透します。**耳を澄まして「聴く」という態勢を取らなくても、波動という音のエネルギーとして、**勝手に体や心に作用します。**

　その上、上質の氣を含んだ音は、**流し続けるだけで、場の不調和なエネルギーも調和**させることができます。特定の音を目的を持って、活用することも可能です。音を上手に使うことで、さまざまな効果を生み出すことができるのです。「音」は、「氣」を効果的に高める最高のツールです。この手法を、**「音氣法」**と呼んでいます。

　2008年11月23日には、**「日本スピリチュアルケア学会」で研究発表と実演**を行って、医療の現場で活躍されている方々に大変評価されました。

　音の力を活用することで、氣を自然に高めることができるのは、とても画期的な方法です。

あなたも、このCDブックを活用していただいて、さらなるパワーを蘇らせてください。
　そうすれば、あなたの未来は、いつまでもパワフルで明るい氣で満たされることでしょう。
　元氣がなくなったときには、いつでもこの本を手に取ってください。あなたを、すぐにアマゾンに連れていってくれるのですから。

「願いを叶える7つの物語CDブック」
ラインナップ&相乗効果があるCDの組み合わせ

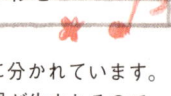

　このシリーズは7つのチャクラに対応した、7つのテーマに分かれています。それらの一つひとつのCDを流すことで、それぞれのCDの効果が生まれるのですが、2つあるいは3つのCDを、**組み合わせて同時に流すことで、音氣効果の相乗効果が生まれます。**

　例えば、2月に発売された「Vol.1元氣」、「Vol.2恋愛」、「Vol.5成功」の3つのCDをあなたのお部屋で同時に流してみてください。それぞれの音氣効果が重なり合って、新たなハーモニーとなって部屋を満たします。

　あなたは、このCDの音に包まれているだけで、元氣になり<恋愛がうまくいき<成功者となるのです。

　5月発売予定の「Vol.3豊かさ」、「Vol.7人間関係」もそうです。この2枚を同時に流すことで相乗効果が生まれます。7月発売予定の「Vol.4癒し」、「Vol.6美」も同様です。CDを組み合わせるときの音量は、聴く方のお好みに合わせて**各自然音がより自然にまじわる音量でバランスを取ってください。**

VOL	テーマ	タイトル	クリスタルボウルの音
1	元氣	元氣になれるCDブック	C(ド)
2	恋愛	恋が叶うCDブック	D(レ)
3	豊かさ	豊かになれるCDブック(仮)	E(ミ)
4	癒し	癒されるCDブック(仮)	F(ファ)
5	成功	成功者になれるCDブック	G(ソ)
6	美	美しくなれるCDブック(仮)	A(ラ)
7	人間関係	人間関係が良くなるCDブック(仮)	B(シ)

※（注意）CDのどの組み合わせでも相乗効果が得られるというものではありません。クリスタルボウルのハーモニー効果によるもので、より相乗効果の高い組み合わせを以下に示します。

◆ 効果の期待できる「3つの組み合わせ」
Vol.1元氣 ＋ Vol.2恋愛 ＋ Vol.5成功
Vol.1元氣 ＋ Vol.3豊かさ ＋ Vol.5成功
Vol.1元氣 ＋ Vol.4癒し ＋ Vol.6美
Vol.2恋愛 ＋ Vol.3豊かさ ＋ Vol.6美
Vol.2恋愛 ＋ Vol.5成功 ＋ Vol.7人間関係

◆ 効果の期待できる「2つの組み合わせ」
Vol.1元氣 ＋ Vol.3豊かさ　　Vol.3豊かさ ＋ Vol.6美
Vol.1元氣 ＋ Vol.4癒し　　Vol.3豊かさ ＋ Vol.7人間関係
Vol.1元氣 ＋ Vol.5成功　　Vol.4癒し ＋ Vol.6美
Vol.2恋愛 ＋ Vol.5成功　　Vol.5成功 ＋ Vol.7人間関係
Vol.2恋愛 ＋ Vol.6美

チャクラ	色	自然音	発売予定
第1	赤	アマゾン・生命の森の朝	2009年2月
第2	橙	フランス・ロワールの森	2009年2月
第3	黄	フランス・セント・セーヌの泉	2009年5月予定
第4	緑	ニュージーランド・アロータウンのせせらぎ	2009年7月予定
第5	青	ボルネオ・ジャングルのチメドリ	2009年2月
第6	藍	ニューカレドニア・静かな入り江	2009年7月予定
第7	紫	カリフォルニア・豊潤な大地の響き	2009年5月予定

著者

観月 環 *Tamaki Mizuki*

観月流和気道代表。薬剤師。名城大学薬学部卒業。「氣」を生活の中に取り入れた「氣的生活」を提案し、人生をグレードアップさせるための方法として氣の活用法を開発。漢方、整体、気功、アーユルヴェーダなどの健康法、伝統医学を研究し、自ら実践。ビジネスのみならず、スポーツ選手のメンタルトレーニングや子どもの能力開発など様々な分野で「氣」を活かす方法の指導にあたる。

1993年、観月流和気道設立以来、和気道の技と哲学をメソッドとして世界に発信し続けている。メキシコ、イギリスにも支部があり、全世界にファンを持つ。

『聴くだけで涙があふれる心の浄化ブック』『4つのハート あなたが変わる物語』(マキノ出版)、『聴くだけでママと赤ちゃんの絆が深まるCDブック』(サンマーク出版)、『CD聴くだけダイエット』(PHP研究所) など著書多数。

観月流和気道HP
http://www.mizuki-ryu.com/

無料のメールマガジン
「観月環の『氣的生活らくらくレッスン』」
〔パソコン用〕
http://www.mag2.com/m/0000170229.html

〔携帯電話用〕
http://mimi.mag2.com/pc/m/M0048040.htm

CDプロデュース

小久保　隆　*Takashi Kokubo*

環境音楽家・音環境デザイナー。日本BGM協会理事。日本サウンドスケープ協会会員。自然が持つ"人の心を癒す力"に注目し、現代人の心に優しく響くリラクゼーションミュージックを作曲している。
『水の詩』『流の詩』など、CDを多数リリース。2007年には世界各国の癒しの自然音を集めた「地球の詩」シリーズを発表。また、初のベストアルバム『QUIET COMFORT』が発売された。(表記のCDはすべてイオン・レーベル)
都市やオフィス、ミュージアムなどの空間を「音で環境デザインする」サウンド・スケープ・デザイナーとしても、国内外を問わず注目されており、「愛・地球博」企業パビリオンや東京ディズニーシーリゾート「イクスピアリ」、六本木ヒルズ「アリーナ」などを担当。また、ドコモのメロディコール初期楽曲や電子マネー「iD」の決済音など、その活躍の場は幅広い。

HP　http://www.studio-ion.com/

【イラスト 参考資料一覧】

『アマゾン動物記』(伊沢紘生 著／どうぶつ社)
『アマゾン、森の精霊からの声』(南研子 著／ほんの木)
『図説大百科世界の地理5 南アメリカ』(細野昭雄 訳／朝倉書店)
『アマゾン・アマゾン』(今森光彦 文・写真／福音館書店)
『目で見る世界の国々5 ブラジル』(国土社)

イラスト／いよりあきこ　　ブックデザイン／八木美枝

願いを叶える7つの物語VOL.1
元氣になれるCDブック
2009年3月12日　初版発行

著　者　　観月　環
発行者　　野村直克
発行所　　総合法令出版株式会社
　　　　　〒107-0052
　　　　　東京都港区赤坂1-9-15　日本自転車会館2号館7階
　　　　　電話 03-3584-9821　振替 00140-0-69059
印刷・製本　中央精版印刷株式会社

落丁・乱丁本はお取替え致します。
ⓒ 2009 Tamaki Mizuki　ISBN 978-4-86280-126-5
総合法令出版ホームページ　http://www.horei.com/

本書の表紙、イラスト、本文、CDはすべて著作権法で保護されています。
著作法で定められたれ意外を除き、これらを許諾なしに複写、コピー、印刷物やインターネットのWebサイト、メール等に転載することは違法となります。